LA PHILOSOPHE,

ANTI-DRAME.

LA PHILOSOPHE,

ANTI-DRAME.

Le chagrin a toujours tort;
Celui qui rit eſt le vrai Sage.

Le prix eſt de 24 ſols.

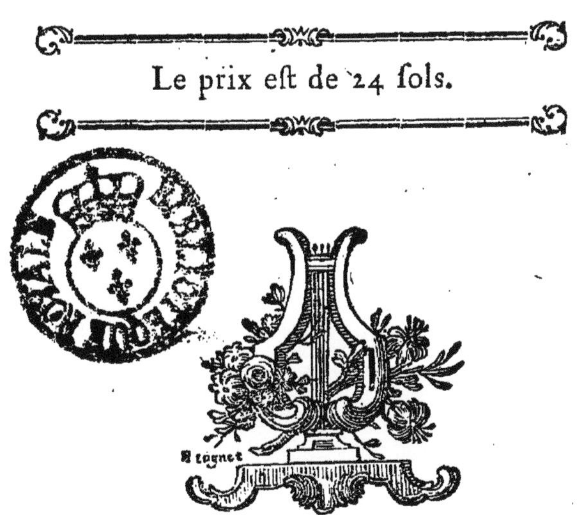

A PARIS,
Chez la Veuve DUCHESNE, Libraire, rue Saint-Jacques, au-deſſous de la Fontaine Saint-Benoît, au Temple du Goût.

M. DCC. LXXV.

AVEC APPROBATION.

AVERTISSEMENT DE L'AUTEUR.

QUE ce mot *Anti-Drame* n'étonne aucun Lecteur. Cette Pièce n'étant pas une Comédie, encore moins un Drame, je devais tout uniment l'intituler *Parade* : c'était certainement le mot propre ; mais il choquait la vanité d'Auteur. J'ai donc mieux aimé inventer un mot nouveau, qui, sans signifier davantage, ménageât du moins l'orgueil Typographique.

ACTEURS.

Madame DE SAINT-HILAIRE.

MOROSE.

AGNÈS, fille de Morose.

LE CHEVALIER.

L'ÉPINE, Valet du Chevalier.

La Scène est à Pantin, dans la Maison de Madame de Saint-Hilaire.

LA PHILOSOPHE,

ANTI-DRAME.

Le Théâtre représente un Sallon de compagnie, éclairé par plusieurs bougies.

SCENE PREMIERE.

LE CHEVALIER, L'ÉPINE.

LE CHEVALIER.

SOis le bien-venu, Mons de l'Épine : tu ne pouvais arriver plus à propos.

L'ÉPINE.

Si-tôt vos ordres reçus, j'ai fait mon petit paquet, mis ordre à mes petites affaires, fait mes adieux à mes petites connoiſſances, &, moitié en chaſſant, moitié en me promenant, me voilà rendu avec le Soleil couchant à Pantin.

LE CHEVALIER.

Je vais dès aujourd'hui t'y donner de l'occupation.

L'ÉPINE.

Tant mieux; j'aime à travailler également de tête & de main : mais à préſent, Monſieur, puis-je vous demander ce que vous faites ici depuis huit jours, au grand étonnement de la bande joyeuſe de vos ſages Amis, qui tous vous trouvent à redire dans leurs fêtes bacchiques? D'honneur depuis votre départ leurs débauches ſont d'une ſageſſe!... Leurs petits ſoupers d'un triſte!... Leurs parties fines d'une décence!... On voit bien qu'ils ont perdu l'âme de leurs plaiſirs, celui qui y portoit la joie, la gaieté, & ce petit grain de libertinage plus piquant que le plaiſir même.

LE CHEVALIER.

Je leur ſerai bien-tôt rendu; mais imagine-toi qu'il vient de m'arriver l'aventure la plus comique.... Elle manquoit ſeule au Roman d'un Illuſtre.... Je ſuis amoureux.

L'ÉPINE.

Amoureux, vous !...

LE CHEVALIER.

Comme un Diable.

L'ÉPINE.

Et quelle est la Beauté dont l'œil victorieux
A soumis, à la fin, votre cœur généreux ?

LE CHEVALIER.

Oh ! voilà le plaisant de l'aventure.... Un petit minois chiffonné, drôle, gentil ; tu en feras content.

L'ÉPINE.

Qui porte ce minois ?

LE CHEVALIER.

La fille d'un grand homme froid, sec, & le plus taciturne que la terre ait jamais porté.

L'ÉPINE.

Vous avez choisi là un futur beau-pere dont l'humeur sympathisera merveilleusement avec la vôtre ! & la fille est-elle aussi triste & mélancolique ?

LE CHEVALIER.

Je ne crois pas ; elle me paraît même avoir toutes les dispositions nécessaires pour ne me pas céder en étourderie.

L'ÉPINE.

Tudieu ! voilà une petite personne qui promet furieusement !... Vous êtes avec elle du dernier bien ?

LE CHEVALIER.

Non.

L'ÉPINE.

Comment, non !

LE CHEVALIER.

Parbleu ! je ne sçais si je suis bien ou mal avec elle ; jamais je ne lui ai parlé.

L'ÉPINE.

Jamais vous ne lui avez parlé ?

LE CHEVALIER.

Non : je l'ai apperçue à sa croisée ; sa mine m'a plu ; la tête m'a tourné, & m'en voilà amoureux fou.

L'ÉPINE.

Voilà une intrigue fort avancée !... Que fait ſon pere ?

LE CHEVALIER.

Rien.

L'ÉPINE.

Joli métier !

LE CHEVALIER.

Il réfléchit, raiſonne, moraliſe & cenſure.

L'ÉPINE.

Pauvre occupation ! Il eſt riche ?

LE CHEVALIER.

Il le fut, & ne l'eſt plus.

L'ÉPINE.

Tant pis.... Vous lui avez déjà fait quelques propoſitions ?

LE CHEVALIER.

Pas encore.

L'ÉPINE.

Et pourquoi ?

LE CHEVALIER.

Je ne puis voir sa triste figure, sans lui rire au nez : il se fâche, s'en va, & je reste toujours avec ma proposition.

L'ÉPINE.

Mais, en vérité, voilà un mariage en bon train ! j'ai fort bien fait d'arriver.... Et où demeure-t-il ?..

LE CHEVALIER.

Ici.

L'ÉPINE.

Comment, ici !

LE CHEVALIER.

Oui, dans cette maison.

L'ÉPINE.

Il en est le maître ?

LE CHEVALIER.

Il n'y a pas de maître ici.

L'ÉPINE.

Point de maître ici !

LE CHEVALIER.

Il n'y a qu'une Maitreſſe.

L'ÉPINE.

Que vous nommez ?

LE CHEVALIER.

Madame de Saint-Hilaire.

L'ÉPINE.

Madame de Saint-Hilaire.... Je ne connais pas ça.

LE CHEVALIER.

Elle n'eſt pas de ton bail.

L'ÉPINE.

Vous eſt-elle parente ?

LE CHEVALIER.

De loin.

L'ÉPINE.

Son âge ?

LE CHEVALIER.

Trente ans. Sa figure très-revenante ; elle eſt veuve d'un homme d'affaires qui lui a laiſſé une fortune aisée sans enfants ; son caractere est charmant, & son humeur si gaie, si vraie, que le chagrin le plus noir ne peut tenir contre sa folie.

L'ÉPINE.

Comment donc le pere de votre Dulcinée se trouve-t-il dans sa maison ?

LE CHEVALIER.

Par le plus singulier des hazards. Madame de Saint-Hilaire avait dans sa maison un appartement à louer pour l'été. Monsieur Morose (c'est le nom de mon futur beau-pere) en cherchait un dans ce village ; &, n'en trouvant pas d'autre, il a pris celui-ci.

L'ÉPINE.

Et comment diable s'arrange-t-il du train de la maison ?

LE CHEVALIER.

Il déclame sans cesse contre notre gaieté, fait des grimaces horribles quand nous rions, & va se renfermer dans son appartement, dont il barricade portes & fenêtres.

L'ÉPINE.

Il enferme aussi sa fille ?

LE CHEVALIER.

Oui, de par tous les Diables ; & c'eſt-là ce qui me déſeſpere. Madame de Saint-Hilaire, qui eſt bien la meilleure femme du monde, à qui j'ai fait part de mon amour pour la petite perſonne, veut bien s'y prêter, & fait tout ce qu'elle peut pour apprivoiſer le pere.

L'ÉPINE.

La brave femme !

LE CHEVALIER.

Elle m'a dit que, pour l'amener à ſes fins, elle aurait beſoin d'un drôle, fourbe adroit, qui pût la ſeconder. Moi ſur le champ de ſonger à Mons de l'Épine ; & voilà pourquoi je t'ai mandé de venir me joindre.

L'ÉPINE.

C'eſt me faire trop d'honneur, Monſieur ; mais enfin je tâcherai de répondre à la haute idée que vous avez conçue de moi.

LE CHEVALIER.

Tiens, voilà Madame de Saint-Hilaire.

L'ÉPINE.

Têtebleu ! voilà une Veuve qui n'uſera pas ſon deuil.

SCENE II.*

Madame DE SAINT-HILAIRE, LE CHEVALIER, L'ÉPINE.

LE CHEVALIER.

BON jour, ma chere Maman, bon jour; voulez-vous bien que je vous présente, en la personne de Mons de l'Épine, le drôle adroit que vous m'avez demandé?

Madame DE SAINT-HILAIRE.

Sa physionomie me revient assez, & annonce du talent; au reste, je vais le mettre aujourd'hui même en état d'en faire preuve : la mine est toute prête, & je n'attendais que lui pour la faire jouer.

LE CHEVALIER.

Je sçaurai votre projet?

Madame DE SAINT-HILAIRE.

Il est digne de vous, digne de moi; en un mot, fou, archi-fou.

LE

LE CHEVALIER.

Tant mieux, je ſerai plus en état de vous ſeconder.... C'eſt?...

Madame DE SAINT-HILAIRE.

C'eſt d'épouſer notre Ours, pour le guérir de ſa miſanthropie.

LE CHEVALIER.

Comment, l'épouſer!... tout de bon ?

Madame DE SAINT-HILAIRE.

Oui, tout de bon; en tout bien, tout honneur. Mon projet (vous le voyez bien) eſt d'une extravagance dont rien n'approche; eh! bien, c'eſt juſtement à cauſe de cela que je l'ai choiſi.

LE CHEVALIER.

Comment! là, ſans badiner, vous épouſeriez Moroſe ?

Madame DE SAINT-HILAIRE.

Oui, très-ſérieuſement; à ſon humeur près, ſa perſonne me revient aſſez.

LE CHEVALIER.

Mais, cette humeur....

Madame DE SAINT-HILAIRE.

Il faudra bien qu'il la change.

LE CHEVALIER.

Mais du caractere dont il eſt, connoiſſant le vôtre, croyez-vous qu'il veuille ?...

Madame DE SAINT-HILAIRE.

S'il voudra !... Apprenez donc le plus plaiſant de l'aventure. Pour vous rendre ſervice ſeulement, & ſans penſer à malice, j'ai lorgné notre Ours, joué de la prunelle, fait des mines ; j'ai tant & ſi bien fait enfin, que la mèche a pris feu, & que je vous livre ſa cervelle auſſi extravagante que la vôtre. Depuis deux jours, Moroſe eſt amoureux fou de moi.

LE CHEVALIER.

Mais, depuis deux jours, ſa mauvaiſe humeur eſt encore augmentée ; depuis deux jours, il eſt plus ſauvage, plus farouche que jamais.

Madame DE SAINT-HILAIRE.

C'eſt une preuve de plus de ſon amour.

LE CHEVALIER.

Quoi ! vous pouvez....

Madame DE SAINT-HILAIRE.

Eh! ne voyez-vous pas bien, mon pauvre Chevalier, que Morose, honteux de sa défaite, rougissant de son vainqueur, voudrait pouvoir cacher sa faiblesse à lui-même, & à toute la terre? C'est un esclave furieux qui s'agite dans ses fers. Mais ces deux yeux sont bons; il a beau augmenter d'humeur & de misanthropie, je ne suis pas sa dupe, & je découvre son amour même dans ses impolitesses affectées: Morose m'adore.

LE CHEVALIER.

Mais.....

Madame DE SAINT-HILAIRE.

Mais en voulez-vous une preuve non équivoque? Feignez, pendant quelques jours, d'être amoureux de moi: vous reconnaîtrez bien-tôt son amour à sa jalousie.

LE CHEVALIER.

Rien de mieux imaginé.... Mais, quel bonheur! Voici sa charmante fille, & seule....

SCENE III.

Madame DE SAINT-HILAIRE, AGNÈS, LE CHEVALIER, L'ÉPINE.

Madame DE SAINT-HILAIRE.

EH ! bon jour, ma chere enfant; par quel hasard seule, sans Monsieur Morose ?

AGNÈS.

C'est qu'il m'envoie vous demander une grâce, Madame.

Madame DE SAINT-HILAIRE.

De quoi s'agit-il ?

AGNÈS.

Il m'a chargé de vous demander, pour lui, un entretien secret.

Madame DE SAINT-HILAIRE.

Un entretien secret !... Et sçavez-vous à quel sujet ?

AGNÈS.

Non, Madame; mais je crains bien que mon pere ne soit devenu fou.

Madame DE SAINT-HILAIRE.

Comment donc!

AGNÈS.

Imaginez-vous, Madame, que, depuis deux jours, il est changé à n'être pas reconnoissable. Autrefois son humeur était, à la vérité, toujours triste & mélancolique; mais du moins elle était toujours égale & douce: à présent, à chaque instant son caractere varie; il parle tout seul, prononce souvent votre nom avec tendresse, quelquefois aussi avec colere: il veut sans cesse que je l'entretienne de vous, & puis il me le reproche & me le défend. Êtes-vous dans le jardin: il vous regarde pendant des heures entieres à travers ses jalousies, avec des yeux si animés.... & quelquefois, si-tôt qu'il vous apperçoit, il ferme brusquement ses rideaux, pour ne vous pas voir..... Enfin il n'y a pas de folies qu'il ne fasse.... Ce matin (ce que je n'avois pas encore vu) il a choisi dans sa garderobe l'habit le plus galant, celui dont la couleur lui sied mieux; il a passé deux heures entieres à sa toilette, & de dépit, l'instant d'après, il en a cassé la glace.

Madame DE SAINT-HILAIRE.

M'étais-je trompée ?

LE CHEVALIER.

Ma foi, je commence à croire qu'il pourrait bien en être quelque chose.

AGNÈS.

Ah! Madame, n'auriez-vous pas jeté quelque mauvais sort sur mon pere ?

Madame DE SAINT-HILAIRE.

Le sort n'est pas dangereux; c'est tout bonnement de l'amour.

AGNÈS.

De l'amour, Madame?

Madame DE SAINT-HILAIRE.

Oui, ma chere enfant; il y a déja plusieurs jours que je m'apperçois que Monsieur Morose est amoureux de moi.

AGNÈS.

Mon pere, amoureux ?

Madame DE SAINT-HILAIRE.

Oui.

AGNÈS.

Amoureux de vous ?

Madame DE SAINT-HILAIRE.

Certainement.

AGNÈS.

Ah ! Madame, que je vous plains.

Madame DE SAINT-HILAIRE.

Pourquoi donc ?

AGNÈS.

Vous allez être bien malheureuse.

Madame DE SAINT-HILAIRE.

La raison ?

AGNÈS.

Vous allez avoir un amoureux.

Madame DE SAINT-HILAIRE.

Eh bien ?

AGNÈS.

Vous ne sçavez donc pas ce que c'est qu'un amoureux ?

Madame DE SAINT-HILAIRE.

Mais, si fait; je m'en doute.

AGNÈS.

Et vous ne tremblez pas ?

Madame DE SAINT-HILAIRE.

Pourquoi donc trembler ?

AGNÈS.

Comment, Madame ! un amoureux est un monstre qui ne cherche que notre perte, qui nous caresse pour nous égratigner, & nous embrasse pour nous étrangler.

Madame DE SAINT-HILAIRE.

Qui vous a peint un amoureux de ces noires couleurs ?

AGNÈS.

C'est mon père, Madame.

Madame DE SAINT-HILAIRE.

Va, ma chere enfant, ton père te trompe.

AGNÈS.

Tout de bon ?

Madame DE SAINT-HILAIRE.

Oui, tout de bon. Imagine-toi que rien au

monde n'eſt auſſi charmant qu'un amoureux : eſclave tendre & ſoumis, il eſt ſans ceſſe occupé à étudier nos goûts, à deviner nos deſirs pour les prévenir : il n'eſt point de careſſe dont il n'accable ſa maitreſſe ; il n'eſt point de plaiſirs qu'il ne cherche à lui procurer : ſans l'amour, il n'eſt point de bonheur.

AGNÈS.

Eſt-ce bien vrai, Madame ?

Madame DE SAINT-HILAIRE.

Demande plutôt au Chevalier.

AGNÈS.

Eſt-ce vrai, Monſieur le Chevalier ?

LE CHEVALIER.

Charmante Agnès, Madame ne vous a peint que faiblement les délices de l'amour ; elle vous a tracé d'un pinceau de glace les tranſports qu'éprouverait pour vous un amant.

AGNÈS.

Hélas ! s'il eſt ainſi, que je ſuis fâchée de n'en pas avoir.

Madame DE SAINT-HILAIRE.

Eh ! bien que n'en as-tu un ?

AGNÈS.

Si je sçavais où le trouver....

Madame DE SAINT-HILAIRE.

En voilà un que je te présente; le veux-tu?

AGNÈS.

Oh! oui, Madame, oui.... Mais, Monsieur voudra-t-il?...

LE CHEVALIER.

Charmante Agnès, acceptez-moi pour votre amant, & rien ne manquera à mon bonheur.

AGNÈS.

Je ne demande pas mieux.... Mais vous m'aimerez bien?

LE CHEVALIER.

Plus que ma vie.

AGNÈS.

Vous ne me tromperez pas?

LE CHEVALIER.

Jamais.

AGNÈS.

Vous ne m'étranglerez ni ne m'égratignerez?

LE CHEVALIER.

Ah ! ne le craignez pas.

AGNÈS.

Vous n'avez-pas de griffe cachée ?

Madame DE SAINT-HILAIRE.

Va, mon enfant, je ſuis ſa caution.

AGNÈS.

Que me voilà contente ! j'aurai un amoureux, & bien gentil.

LE CHEVALIER.

Vous m'aimerez auſſi ?

AGNÈS.

Oh ! toujours, toujours..... Mais n'en dites mot à mon père.

Madame DE SAINT-HILAIRE.

Pourquoi ?

AGNÈS.

C'eſt qu'il me gronderait bien fort ; car il me dit tous les jours que les hommes ſont des monſtres ; mais je vois bien qu'il me trompe, & mon amoureux eſt trop gentil pour me faire du mal.

Madame DE SAINT-HILAIRE.

Laiſſe dire ton radoteur de père : je me charge, moi, de le faire bien-tôt changer de langage ; je veux même qu'il te donne ton amant pour mari.

AGNÈS.

Pour mari ?. . . .

Madame DE SAINT-HILAIRE.

Sans doute. . . . Eſt-ce que tu n'en veux pas ?

AGNÈS.

Mais, s'il eſt mon mari, ſera-t-il encore mon amoureux ?

LE CHEVALIER.

Toujours.

AGNÈS.

À la bonne-heure.

Madame DE SAINT-HILAIRE.

Es-tu contente ?

AGNÈS.

Si contente, Madame, ſi contente, que je vous aimerai preſqu'autant que lui.

Madame DE SAINT-HILAIRE.

En ce cas, je vais travailler à votre bonheur mutuel. Va vîte retrouver ton père; dis-lui que je ſuis ſeule, que je l'attends ici, & dans l'inſtant.

AGNÈS.

J'y cours.... Adieu, Madame.

Madame DE SAINT-HILAIRE.

Adieu, ma chere enfant.

AGNÈS.

Adieu, mon amoureux.

LE CHEVALIER.

Adieu, ma charmante maitreſſe.

SCENE IV.

Madame DE SAINT-HILAIRE, LE CHEVALIER, L'ÉPINE.

Madame DE SAINT-HILAIRE.

ÊTES-VOUS content de moi?

LE CHEVALIER.

Oh! vous êtes une femme charmante, adorable.... Je suis enchanté de la Petite.

Madame DE SAINT-HILAIRE.

Le moment critique approche; préparons bien toutes nos attaques. Vous, Chevalier; votre rôle, comme nous en sommes convenus, est de paroître m'idolâtrer; en conséquence, je vous charge de turlupiner Morose, & de le faire donner à tous les Diables.

LE CHEVALIER.

Laissez-moi faire; si, cent fois, mille fois, Morose m'a fait jurer après la sotte manie qu'il a d'enfermer sa fille, je vais, aujourd'hui, prendre une revanche complette.

Madame DE SAINT-HILAIRE.

Je vous l'abandonne ; rendons-le aimable malgré lui ; & déſeſpérons-le, pour en faire quelque choſe. . . . Toi, Mons l'Épine ; il faudra quitter ce juſte-au-corps de livrée. . . Tu es ſans doute en état de jouer l'impertinence ?

L' É P I N E.

Auſſi-bien qu'un Commis parvenu.

Madame DE SAINT-HILAIRE.

Endoſſe dans la garderobe de ton maître une chenille élégante ; charge le coſtume le plus que tu pourras. . . . . . . Mais j'entends Moroſe ; va promptement t'habiller ; j'irai te donner ton rôle. Vous, Chevalier, allez lui ſervir de Valet-de-chambre.... Eh ! vîte, eh ! vîte, détalez....

SCENE V.

Madame DE SAINT-HILAIRE, MOROSE.

Madame DE SAINT-HILAIRE.

EH! bon jour, mon cher voisin. Qu'y a-t-il pour votre service ? Serais-je assez heureuse pour vous être de quelque utilité ?

MOROSE.

Madame.... je vais peut-être abuser de votre complaisance, & les momens que vous passerez à m'entendre, seront autant de vols faits aux plaisirs.

Madame DE SAINT-HILAIRE.

Le temps que je donne à mes amis (& vous êtes du nombre, Monsieur,) est, à mes yeux, le plus heureux de ma vie.

MOROSE.

Que n'est-il vrai, Madame ? Ces jours, ces beaux jours, que vous perdez dans le tourbillon d'une d'une joie bruyante, & qui toujours laisse le cœur vuide, seraient tous donnés à l'amitié!

Madame DE SAINT-HILAIRE.

Me croyez-vous donc insensible à ses douceurs?

MOROSE.

Elle ne règne, Madame, que sur les cœurs tranquiles; elle ne souffre point de partage : le malheur la fait naître, & elle se plaît dans la douleur.

Madame DE SAINT-HILAIRE.

Et plus encore dans le plaisir.... Je veux vous entreprendre, moi, mon cher voisin; vous êtes toujours triste, rêveur, mélancolique; vous n'êtes pas heureux?

MOROSE.

Non, Madame.... Et qui l'est?

Madame DE SAINT-HILAIRE.

Moi.... Eh! bien, je veux vous rendre au bonheur, en vous rendant aux plaisirs.

MOROSE.

Ils ne sont plus faits pour moi, Madame.

Madame DE SAINT-HILAIRE.

Eh ! mon cher voisin, quittez ces idées tristes & lugubres ; la vraie sagesse n'est ni austere, ni farouche, ni sauvage ; elle sourit au plaisir, & folâtre avec les Amours.

MOROSE.

Vous la peignez sous vos traits.

Madame DE SAINT-HILAIRE.

C'est que toute folle, toute étourdie que je vous paraîs, je suis Philosophe... oui, Philosophe, & beaucoup plus que vous.... La vie, mon cher voisin, est également courte, & pour celui qui pleure, & pour celui qui rit ; ne vaut-il donc pas mieux aller au terme par un chemin couvert de fleurs, que par un sentier hérissé de ronces & d'épines ? La rose brillante s'épanouit à côté du triste pavot : la Nature nous les présente également ; nous sommes maîtres du choix.

MOROSE.

Non, Madame, non.

Madame DE SAINT-HILAIRE.

Notre bonheur, à tous, est dans notre façon de penser ; & celui-là seul est véritablement heureux, qui sçait commander aux évènemens.

Voilà toute ma philoſophie ; & la ſeule différence qu'il y ait peut-être entre moi & vos prétendus Philoſophes, c'eſt qu'ils n'ont que la théorie de la ſageſſe qu'ils prêchent, & que moi je la pratique ſans la prêcher.

MOROSE.

On ne peut mieux défendre une méchante cauſe. Vous embelliſſez tout ; mais, Madame, ſi, comme moi, vous aviez connu les hommes...

Madame DE SAINT-HILAIRE.

Et qui vous dit que je ne les ai pas connus plus que vous-même ? Eh ! bien, je les ai trouvé, pour la plupart, vains, préſomptueux, volages, perfides, infideles ; eſt-ce une raiſon pour me condamner éternellement à la douleur ? Ce ſerait me venger ſur moi-même de leurs torts : j'aime beaucoup mieux en rire.

MOROSE.

Je n'ai éprouvé qu'injuſtice, qu'ingratitude, que perfidie.

Madame DE SAINT-HILAIRE.

J'ai peut-être éprouvé plus que tout cela, & je ne m'en chagrine pas davantage.

MOROSE.

Tous les hommes ſont des monſtres.

Madame DE SAINT-HILAIRE.

Soit ; vous n'êtes pas content des hommes ; tournez-vous du côté des femmes ?

MOROSE.

Ah ! c'est encore bien pis.

Madame DE SAINT-HILAIRE.

Voilà ce qui vous trompe ; les femmes, en général, valent mieux, mais beaucoup mieux que vous.

MOROSE.

Elles sont volages, infidelles, perfides.

Madame DE SAINT-HILAIRE.

Eh bien ! il faut être leur ami, & non pas leur amant.

MOROSE.

Et si je vous disais.....

Madame DE SAINT-HILAIRE.

Quoi ?

SCENE VI.

Madame DE SAINT-HILAIRE, MOROSE, LE CHEVALIER.

(*Le Chevalier entre sans être vu, & les observe en silence dans le fond du Théâtre.*)

MOROSE.

QUE je suis amoureux.

Madame DE SAINT-HILAIRE.

Je vous en ferais mon compliment de bien bon cœur ; mais cela n'est pas possible.

MOROSE.

Cela n'est que trop vrai, pour mon malheur.

Madame DE SAINT-HILAIRE.

Eh ! bien, prenez-moi pour votre confidente, je vous servirai de tout mon pouvoir.... Voulez-vous ?

MOROSE.

Je ne vous ai fait demander cet entretien, que pour vous confier ce secret.

Madame DE SAINT-HILAIRE.

Et vous ne vous en repentirez pas.... Quel eſt le nom de votre maitreſſe ?

MOROSE.

Son nom ?

Madame DE SAINT-HILAIRE.

Oui, ſon nom ; la connais-je ?

MOROSE.

Oh ! beaucoup.

Madame DE SAINT-HILAIRE.

Votre choix vous fait-il rougir ?

MOROSE.

Je n'en pouvais faire un plus beau ; ce n'eſt pas du choix dont je rougis, c'eſt de moi ſeul.

Madame DE SAINT-HILAIRE.

Pour un Philoſophe, vous raiſonnez à faire pitié. Faut il tant de façons pour nommer une perſonne aimable ?

MOROSE.

Vous me l'ordonnez ?

Madame DE SAINT-HILAIRE.

Mais, ſans doute.

MOROSE.

Vous ne vous en offenſerez pas ?

Madame DE SAINT-HILAIRE.

Eh! mon Dieu! non, non.... Eh! bien, c'eſt?...

MOROSE.

Vous.

Madame DE SAINT-HILAIRE.

Moi?

MOROSE, *lui prenant la main, & la baiſant tendrement.*

Oui, vous-même.

LE CHEVALIER, *frappant ſur l'épaule de Moroſe, en éclatant de rire.*

Ah, ah, ah!... ferme, morbleu!

MOROSE.

C'eſt cet étourdi; je ſuis perdu.

LE CHEVALIER.

Oh! ma foi, l'aventure eſt unique, excellente; ma chere Maman, recevez-en mille & mille complimens; ce triomphe ſeul manquait à votre gloire: il eſt vrai qu'avec des traits auſſi doux, on eſt fait pour adoucir les cœurs les plus ſauvages... Bravo, Monſieur! ma foi, pour un penſeur, vous ne vous y prenez pas mal.

Madame DE SAINT-HILAIRE.

Comment! vous nous écoutiez donc?

LE CHEVALIER.

Y a-t-il un quart-d'heure que je jouis de votre conversation amoureuse; mais, d'honneur, je suis très-content de Morose; mais, très-content; nous en ferons quelque chose : il a filé sa déclaration en Maître.... Eh ! bien, eh ! bien, vous voilà déja tout décontenancé. Remettez-vous, je suis sans conséquence ; Madame m'adore, je l'aime ; mais sans être son tyran, sans fureur, sans jalousie : je ne serai pas même fâché de vous avoir pour Rival ; vous n'êtes pas sans mérite, & mon triomphe en sera plus glorieux.

Madame DE SAINT-HILAIRE.

Vous êtes charmant ; je vous aime à la folie.

LE CHEVALIER.

Je le sçais bien ; mais ne me dites pas tant de douceurs ; voyez la grimace que vous faites faire à ce pauvre Morose.... Ah ! çà, ce n'est pas un esclave ordinaire : pour m'obliger, traitez-le sans rigueur.

Madame DE SAINT-HILAIRE.

Laissez-moi faire ; je veux vous en rendre jaloux.

LE CHEVALIER.

Le tour serait excellent.

Madame DE SAINT-HILAIRE.

Vous verrez.

LE CHEVALIER.

Parbleu, ceci me donne une idée charmante,

Madame DE SAINT-HILAIRE.

Et c'eſt ?

LE CHEVALIER.

C'eſt de mettre notre ſcène en proverbe, & de la jouer pas plus tard que ce ſoir : nous en amuſerons la ſociété. Qu'en penſez vous ?

Madame DE SAINT-HILAIRE.

Rien de mieux imaginé.

LE CHEVALIER.

Je vois déja dans ma tête la ſcène la plus piquante.

Madame DE SAINT-HILAIRE.

Je veux le rôle ſaillant; ſans cela je ne joue pas.

LE CHEVALIER.

Rapportez-vous-en à moi; Moroſe jouera auſſi.

MOROSE.

Non, Monſieur.

Madame DE SAINT-HILAIRE.

Je me charge de lui faire prendre ſon rôle.

LE CHEVALIER.

Adieu ; je ne veux pas perdre une ſeule idée ; je vais vîte en tracer légèrement le canevas.... Allons, remettez-vous ; je vous laiſſe la place.... Ah, ah, ah....

SCENE VII.

Madame DE SAINT-HILAIRE, MOROSE.

MOROSE.

Et vous croyez, Madame, que je me prêterai à ces fades plaiſanteries ?

Madame DE SAINT-HILAIRE.

Mais, rien au monde ne ſera plus comique.

MOROSE.

Allez, Madame ; il me manquait, pour dernier malheur, de m'attacher à vous.

Madame DE SAINT-HILAIRE.

Le compliment eſt honnête.... Qu'y a-t-il donc là de ſi malheureux ?

MOROSE.

Je dois beaucoup me louer de l'indigne préférence que vous accordez ſur moi à un fade plaiſant, un miſérable bouffon.

Madame DE SAINT-HILAIRE.

Mais cette préférence eſt très-raiſonnable; vous êtes toujours triſte, mélancolique; le Chevalier eſt charmant; convenez-en vous-même?

MOROSE.

Oui, Madame, oui; charmant, divin.

Madame DE SAINT-HILAIRE.

Sa gaieté, ſon étourderie, ſympathiſeront à merveille avec mon caractère, & vous voulez que je vous le ſacrifie!

MOROSE.

Ce ſerait trop exiger!

Madame DE SAINT-HILAIRE.

Tenez, mon cher Voiſin, je ſuis vraie & franche; je vais vous parler à cœur ouvert. Votre perſonne me plaît, & me revient beaucoup; votre âge me convient mieux que celui du Chevalier; &, ſans votre humeur ſauvage, je ſens que je pourrais vous aimer, mais beaucoup, mais beaucoup plus même que le Chevalier: voulez-vous changer de caractère?

MOROSE.

Changer de caractère, Madame?

Madame DE SAINT-HILAIRE.

Oui.

MOROSE.

C'eſt-à-dire, devenir écervelé, extravagant?

Madame DE SAINT-HILAIRE.

C'eſt cela même; je ne veux vous charger que de chaînes de roſes; je veux que vous ſoyez heureux; c'eſt le ſeul moyen de me plaire : on ne l'eſt qu'autant qu'on rit. Vive la folie! un fou eſt mille fois plus aimable qu'un ſage.

MOROSE.

Je ſuis déſeſpéré, Madame; mais je ſens que je ne pourrai jamais acquérir des qualités auſſi brillantes.

Madame DE SAINT-HILAIRE.

Pourquoi non? Tous avez beau dire, je ſuis certaine que, ſi vous vouliez, vous déraiſonneriez avec autant de grâce qu'un autre.

MOROSE.

Vous avez trop bonne opinion de moi.

Madame DE SAINT-HILAIRE.

Non; je ſuis certaine qu'avec de la patience & du temps, on ferait de vous un fou fort aimable.

MOROSE.

Vous croyez, Madame?

Madame DE SAINT-HILAIRE.

J'en ſuis ſûre, & je veux même, par amitié pour vous, entreprendre votre cure.

MOROSE.

Vous pourriez bien ne pas réuſſir.]

Madame DE SAINT-HILAIRE.

C'eſt ce que nous allons voir.

MOROSE.

Où allez-vous donc ?

Madame DE SAINT-HILAIRE.

Dans un moment je ſuis à vous.... Attendez-moi.

SCENE VIII.

MOROSE, *seul.*

AH ! pourquoi faut-il que j'aie pris de l'amour pour une femme aussi folle, aussi extravagante ? J'en rougis, & cependant je ne puis m'empêcher de l'aimer.

Quand elle me parle même, sa gaieté, sa folie, me semblent plus raisonnables que ma sagesse; la persuasion coule de sa bouche, & ses yeux achevent sa victoire.

Il n'est plus qu'un remède à mon amour ; il n'en est qu'un, c'est de la fuir. . . . Le pourrai-je ?

Mais, la voici ; quel est donc cet autre extravagant qu'elle tient par la main ?

SCENE IX.

Madame DE SAINT-HILAIRE, MOROSE; L'ÉPINE, *en Petit-Maître ridicule.*

Madame DE SAINT-HILAIRE.

MONSIEUR le Baron de la Folandiere, voulez-vous bien que je vous préſente Monſieur Moroſe? Il eſt amoureux de moi; mais il eſt triſte & ſage; c'eſt un écolier que je vous donne, & dont je vous prie d'avoir le plus grand ſoin.

L'ÉPINE.

Cela ſuffit, Madame, je vous en rendrai bon compte.

MOROSE.

Madame!...

Madame DE SAINT-HILAIRE.

Et vous, Monſieur, la ſeule maniere de me prouver votre amour, & de me plaire, c'eſt de bien profiter des leçons que Monſieur le Baron de la Folandiere, Gentilhomme du plus rare mérite, veut bien avoir la bonté de vous donner.

L'ÉPINE.

Reſtez, Madame, reſtez : vous n'êtes pas de trop ; & un modèle auſſi parfait que vous ne peut que ſeconder puiſſamment mes leçons.

(Madame de Saint-Hilaire s'aſſied, & prend ſon ouvrage.)

MOROSE.

Puis-je ſçavoir, Monſieur le Baron, quel eſt l'art que vous enſeignez ?

L'ÉPINE.

Le premier, le plus néceſſaire des arts ; celui qui peut ſe ſubſtituer à tous les autres ; qui le plus rapidement conduit à la gloire, au crédit, aux honneurs, à la réputation, à la fortune ; par lequel un homme brille ſur nos théâtres, dans la ſociété & dans les ruelles ; le grand art d'extravaguer.

MOROSE.

Le grand art d'extravaguer !

L'ÉPINE.

Oui, Monſieur ; le premier ; je l'ai réduit à des principes ſûrs & certains, aſſez amplement détaillés dans un Dictionnaire de dix-ſept volumes *in-folio*, ſans les planches.

MOROSE.

MOROSE.

En vérité, Monſieur, voilà un art que j'ignorais.

L'ÉPINE.

Tant pis pour vous, Monſieur.

MOROSE.

Avez-vous beaucoup d'écoliers ?

L'ÉPINE.

Je ne pourrais y ſuffire ſeul, Monſieur ; je ne me charge que d'une certaine claſſe d'écoliers, dont les heureuſes diſpoſitions me promettent les plus brillans ſuccès ; j'abandonne le reſte à mes Prévôts, je les charge de l'éducation de tous les jeunes gens de tout état qui entrent dans le monde, & c'eſt d'après mes principes qu'on leur donne ce joli ton d'inconſéquence, d'impertinence & d'impudence, qui en fait des hommes charmans.

MOROSE.

Et ſans doute vous avez auſſi des écolieres ?

L'ÉPINE.

Ce ſexe eſt le bien-aimé de mon cœur ; je n'ai point de ſecrets pour lui, il eſt maître de mon art.

MOROSE.

Quel extravagant !

L'ÉPINE.

Il est étonnant, Monsieur, l'heureux changement qu'en moins de dix ans ont produit mes leçons sur la Jeunesse; comme aujourd'hui elle est évaporée, libertine! C'est au Baron de la Folandiere qu'elle doit toutes ses grâces.

MOROSE.

Elle vous a là de grandes obligations !

L'ÉPINE.

C'est qu'un homme de génie, Monsieur, presse toujours sur son siècle, & influe sur ses heureux contemporains. A qui le Dames sont-elles redevables de leurs petites robes, de leurs chignons flottans, de leurs caracos, de leurs cannes? c'est au Baron de la Folandiere. A qui les hommes doivent-ils leurs fraques, leurs chenilles & leurs bottines? c'est au Baron de la Folandiere. A qui la Littérature doit-elle ses Dictionnaires, ses Tragédies Anglaises, ses Drames sanglants, ses Opéra-Comiques larmoyants, & sa Musique Allemande? c'est au Baron de la Folandiere.

MOROSE.

Vous vous mêlez aussi de Littérature?

L'ÉPINE.

C'eſt moi qui dirige tous les Journaux ; & le Mercure eſt mon fils d'adoption, le bien-aimé de mon cœur.

MOROSE.

En vérité, Monſieur, voilà de grands ſervices rendus à la Nation !

L'ÉPINE.

Il faut bien mériter, autant qu'on le peut, de ſa Patrie ; c'eſt la folie des grands-hommes ; c'eſt la manie des belles âmes.

MOROSE.

On oblige ſouvent une ingrate.

L'ÉPINE.

Une pirouette en conſole. . . . . Ne voulez-vous pas prendre préſentement, Monſieur, une première leçon ?

MOROSE.

Mille remercîmens, Monſieur ; je ne me ſens pas les diſpoſitions propres à vous faire honneur.

L'ÉPINE.

Voilà ce qui vous trompe, Monſieur : votre phyſionomie eſt très-heureuſement tournée à l'extravagance, & me donne de vous les eſpérances les plus flatteuses ; je suis certain que vous serez un de mes meilleurs écoliers.

MOROSE.

Vous me flattez.

L'ÉPINE.

Non, Monsieur, non ; je sçais même que vous avez déjà d'heureux commencemens.

MOROSE.

Des commencemens d'extravagance !.. Moi ?

L'ÉPINE.

Vous-même, Monsieur, & de fort bons ; je le tiens de Madame.

MOROSE.

Je ne m'en doutois pas.

L'ÉPINE.

Vous en allez convenir dans l'instant.... Le ridicule & l'originalité sont les deux bâses fondamentales sur lesquelles posent tous mes principes. Or, Monsieur, y a-t-il rien au monde de plus ridicule, de plus original, qu'un Misanthrope, qu'un Philosophe toujours caustique, toujours de mauvaise humeur ? Vous voyez donc bien que, sans le sçavoir, sans vous en douter, vous avez le germe des talens. C'est à ma main habile & délicate à le faire fructifier & à lui faire donner une riche moisson & de fleurs & de fruits; & rien de plus aisé. Vous verrez vous-même, Monsieur, l'étroite analogie qu'ont ensemble & dans leurs causes, & dans leurs effets, la misanthropie & l'extravagance. ..... Venons à nos premiers principes.

MOROSE.

Non, Monsieur, s'il vous plaît; j'ai la plus haute estime, le plus profond respect pour les rares talens de Monsieur le Baron de la Folandiere : mais il me permettra de ne faire aucun usage de ses sublimes leçons.

L'ÉPINE.

Comment, Monsieur ! ...

MOROSE.

En voilà assez, Monsieur ; ma réponse doit vous suffire.

L'ÉPINE.

Madame, interposez ici, s'il vous plaît, votre autorité, & ramenez sous ma férule un écolier désobéissant, qui se révolte contre mes leçons.

Madame DE SAINT-HILAIRE.

Voilà donc, Monsieur, la premiere marque

de complaisance que je reçois de vous! voilà la déférence que vous avez pour mes prieres!

MOROSE.

Mais, Madame....

Madame DE SAINT-HILAIRE.

Quand on veut faire de vous un homme charmant....

MOROSE.

Dites plutôt un fou.

Madame DE SAINT-HILAIRE.

Eh! bien, Monsieur, eh! bien, restez avec votre sublime sagesse, votre humeur philosophique; mais aussi ne comptez plus sur moi.

MOROSE.

Parlez-vous sérieusement?

Madame DE SAINT-HILAIRE.

Oui, Monsieur, sérieusément, très-sérieusement.

MOROSE.

Ah! c'est une autre affaire; soit, Madame: puisqu'il faut, pour vous plaire, être extravagant, je vais faire tout mon possible pour y parvenir, & je ne doute pas qu'avec les leçons de Monſieur le Baron, je n'y excelle bien-tôt, ſur-tout ayant devant les yeux de ſi bons exemples.

Madame DE SAINT-HILAIRE.

En faveur de l'obéiſſance, je vous pardonne l'Épigramme.

MOROSE.

Monſieur le Baron, de grâce, rendez-moi digne de plaire à Madame.

L'ÉPINE.

Je ſçavais bien qu'à la fin vous conſentiriez à prendre de mes leçons.... Or donc, je diſtingue deux ſortes d'extravagances; extravagance phyſique, extravagance morale; nous nous étendrons ſur celle-ci par la ſuite: pour aujourd'hui, tenons-nous-en à la premiere. J'entends par extravagance phyſique, tout ce qui a rapport au corps, comme la démarche, l'habillement, les airs & les modes. La démarche extravagante ſe ſubdiviſe en pluſieurs eſpèces, ſelon l'âge, l'état & la condition des perſonnes. Vous m'entendez-bien?....

MOROSE.

A merveille.

L' ÉPINE.

Commencez par marcher.

MOROSE.

Moi, Monſieur ?

L' ÉPINE.

Oui, vous-même.

MOROSE.

Mais....

Madame DE SAINT-HILAIRE.

Mais, allez-vous recommencer vos bêtiſes ?

L' ÉPINE.

Que de façons pour marcher !

MOROSE.

Soit donc (1).

L' ÉPINE.

Voyons, préſentez-vous à Madame..... Eh ! bien, voyez comme vous avez l'air froid, poſé ! Regardez-moi ?.... Voyez comme j'entre dans

---

(1). Je n'ai pas cru qu'il fût néceſſaire de marquer ici la Pantomime, elle ſe deſſine aſſez par le couplet de l'Épine.

un appartement en fredonnant la, la, la, la, la, la.... Remarquez cette tête à l'évent.... cette marche brusque.... cet air d'étourderie, de distraction, qui semble dire aux gens : je ne suis pas avec vous.... ces grands bras.... cette pirouette.... cette révérence de côté.... Allons, répétez.... Fort bien.... très-bien.... bravissimo.... Je vous réponds que je ferai de vous un sujet excellent. Quel meurtre que de si heureuses dispositions fussent restées sans culture !

MOROSE.

En vérité, vous outrez si fort les éloges, qu'il y a de quoi perdre la tête, de vanité.

L'ÉPINE.

Passons à l'habillement.... Déboutonnez-moi cet habit...., ouvrez votre veste.... Que fait-là ce chapeau sous votre bras.... Enfoncez-le-moi de travers sur les yeux.... Bien.... D'une main tirez votre jabot à toute outrance.... de l'autre, balancez la poche de votre veste.... Bien.... A merveille.... Qu'en dites-vous, Madame ?

Madame DE SAINT-HILAIRE.

En honneur, Monsieur le Baron, j'en suis enchantée ; il n'est pas même reconnoissable pour une seule leçon.

L'ÉPINE.

Que sera-ce donc, quand je lui aurai donné les airs?

MOROSE.

Vous devez être bien fière de ma foiblesse, & bien contente de ma complaisance.

Madame DE SAINT-HILAIRE.

Je vous en tiendrai bon compte..... Il me vient même à ce sujet une idée excellente, charmante.

L'ÉPINE.

Quelle est-elle, Madame?

Madame DE SAINT-HILAIRE.

Il faut, Monsieur le Baron, que vous y décidiez votre écolier.

L'ÉPINE.

Je réponds, Madame, de sa soumission à toutes vos volontés.

MOROSE.

C'est, sans doute, quelque nouvelle extravagance?

Madame DE SAINT-HILAIRE.

Justement.... mais si drôle, si drôle.... Ah! vous serez un homme charmant, si vous vous y prêtez.

L'ÉPINE.

Monsieur pourrait-il s'y refuser ? ... Voyons, de quoi s'agit-il ?

Madame DE SAINT-HILAIRE.

Le chevalier est un étourdi, un extravagant du premier ordre ; il a tantôt persifflé Morose à toute outrance ; il doit même avoir fait un proverbe sur lui. Ne serait-ce pas un tour unique, impayable, de le mystifier lui-même, & de le rendre le Héros d'un scène plus comique encore que celle de Morose ?

L'ÉPINE.

Cela serait divin.

Madame DE SAINT HILAIRE.

Et sur-tout s'il se trouvait joué par Morose lui-même.

L'ÉPINE.

Votre idée est délicieuse ; je pétille de la sçavoir.

Madame DE SAINT-HILAIRE.

Voici le fait. Le Chevalier m'a demandé pour ce soir un tête-à-tête, je le lui ai accordé ; ne serait-ce pas du dernier plaisant qu'à ma place il trouvât Morose ?

L'ÉPINE.

A merveille.

Madame DE SAINT HILAIRE.

Nous allons l'accoûtrer en femme du mieux que nous pourrons.

MOROSE.

Non, Madame, non.

Madame DE SAINT-HILAIRE.

Si fait, Monsieur, si fait.

L'ÉPINE.

Parbleu ! une idée aussi extravagante ne sera pas perdue par votre faute.

MOROSE.

Mais, Madame.

Madame DE SAINT-HILAIRE.

Oh ! je vous le demande en grâce ; j'ôse même l'exiger.

MOROSE.

Où diable me suis je fourré ?

Madame DE SAINT-HILAIRE.

Sentez-vous bien tout le comique de cette scène ? Le Chevalier aux genoux de Morose, lui serrant, lui baisant les mains, lui lâchant mille tendres fadeurs ; cela fera tableau.

L'ÉPINE.

Tableau unique.

Madame DE SAINT-HILAIRE.

Ne perdons pas de tems; j'ai dans ma garde-robe tout ce qu'il faut pour sa métamorphose. Allons, Monsieur le Baron, aidez-le à se déshabiller; moi, je serai sa Dame d'atours.

(*Madame de Saint-Hilaire passe dans sa garde-robe pour aller chercher tout ce qui est nécessaire pour le déguisement de Morose.*)

MOROSE.

Mais, en vérité....

L'ÉPINE, *le déshabillant.*

Les instans sont précieux, Monsieur: n'en perdons pas un seul en mauvaises raisons; ce serait un meurtre qu'une pareille extravagance restât sans effet.

MOROSE.

Mais, à quoi cela servira-t-il?

L'ÉPINE.

A nous faire rire aux dépens de ce merveilleux Chevalier, à repousser contre lui-même les traits & les sarcasmes qu'il prétend vous lancer.

MOROSE.

Mais, le Chevalier me reconnaîtra?

L'ÉPINE.

Eh! non, ne craignez rien; je vais mettre ordre à tout. D'abord vous vous enfoncerez dans cette Bergere; je soufflerai toutes ces bougies; je n'en laisserai qu'une seule que je placerai loin de vous, en opposition; l'obscurité qui règnera dans ce sallon, votre négligence même, tout aidera à le tromper, tout concourra à l'illusion.

Madame DE SAINT-HILAIRE.

Voilà tout ce qu'il nous faut. Voyons, commençons par vous coëffer..... Bon, cette baigneuse.... cette coëffe par-dessus. Tout cela est excellent, & vous cache le visage au mieux.

L'ÉPINE.

Ah, ah, ah; mon Dieu! qu'il est laid! Ah, ah, ah.

Madame DE SAINT-HILAIRE.

Jamais je n'ai vu figure pareille. Et le Chevalier va lui parler d'amour!

L'ÉPINE.

Ah, ah, ah.

Madame DE SAINT-HILAIRE.

Ah, ah, ah. Ce pauvre Chevalier!

L'ÉPINE.

Mettez ce jupon.

Madame DE SAINT-HILAIRE.

Il le met sens-devant-derriere!.... Passez cette

robe.... à merveille.... Boutonnez ces amadis...... bien..... Maintenant, enveloppez tous vos appas de cette vaste pelisse.... Il est divin; jamais je n'ai rien vu d'aussi laid.

L'ÉPINE.

Voilà toutes les bougies éteintes; plaçons celle-ci là.

Madame DE SAINT-HILAIRE.

Asseyez-vous dans cette Bergère.

L'ÉPINE.

Jamais Vénus ne fut plus appétissante.

Madame DE SAINT-HILAIRE.

Ah! çà, songez-bien à faire toutes les simagrées, toutes les mines d'une jolie femme en tête-à-tête avec un étourdi....

L'ÉPINE.

Point de faiblesse.

Madame DE SAINT-HILAIRE.

Ne vous laissez-pas séduire, au moins (1).

L'ÉPINE.

Il saisira votre main.

---

(1) Je ne marque point ici la Pantomime; elle se dessine assez par le Dialogue : on sent bien que l'Épine doit lutiner Morose.

Madame DE SAINT-HILAIRE.

Vous la retirerez; mais avec douceur.

L'ÉPINE.

Il la retiendra, la ferrera tendrement; la couvrira de baifers brûlants.

Madame DE SAINT-HILAIRE.

Vous direz, en minaudant : mais, Chevalier, laiffez ma main.

L'ÉPINE.

Il fe jettera à vos pieds, embraffera vos genoux.

Madame DE SAINT-HILAIRE.

C'eft alors qu'il faut faire feu de toute votre vertu.

MOROSE.

Que dirai-je, alors ?....

Madame DE SAINT-HILAIRE.

Tout ce que bon vous femblera.

L'ÉPINE.

Tout ce que la vertu vous infpirera.

MOROSE.

Mais....

Madame DE SAINT-HILAIRE.

Le Chevalier ne peut tarder; nous vous laiffons.

(*Madame*

(Madame de Saint-Hilaire & l'Épine se retirent, en se retournant à plusieurs reprises, pour regarder Morose, & éclater de rire.)

SCENE X.

MOROSE, *seul.*

C'EST de moi, c'est de ma sotte & lâche complaisance dont ils rient..... Ah! Morose, Morose, peux-tu te regarder sans mourir de honte? Qu'est devenue ta Philosophie?... Dans quel état suis-je?.... Que deviendrais-je, si l'on me voyait ainsi?...... Devais-je donc me prêter à leurs fades bouffonneries?.... Quelle pitoyable farce me fait-on jouer?..... Mais j'entends du bruit..... C'est certainement ce maudit Chevalier.... Que n'est-il, lui, Madame de Saint-Hilaire & Monsieur le Baron de la Folandiere, & moi-même le premier, à tous les Diables.... Oh! si jamais on m'y rattrappe.... C'est lui, je ne me trompais pas.

(Il s'assied.)

SCENE XI.

MOROSE, LE CHEVALIER.

LE CHEVALIER, *à part.*

AH, ah! Monsieur le Philosophe, vous voulez me mystifier? Nous allons en découdre...... (*Haut.*) Je vous trouve donc enfin, ma toute Belle...... Mais quelle obscurité avez-vous répandue autour de vous?..... Comment, en un instant, avez-vous pu changer le temple de Vénus en celui de la Nuit?..... Mais, en honneur, ces ombres sont par trop cruelles; permettez que je rallume ces bougies.

MOROSE, *adoucissant sa voix & minaudant.*

Non, Monsieur le Chevalier.

LE CHEVALIER.

Est-ce faveur, est-ce cruauté? Si c'est faveur, vous êtes divine; mais comment vous nommerai-je, si c'est cruauté?

MOROSE, *à part.*

Que le Diable t'emporte....

LE CHEVALIER.

Ma belle Maman, je vous avais demandé ce rendez-vous, pour vous prier de fixer, à la fin, l'inſtant heureux qui doit me rendre maître de vos charmes... de ces charmes vainqueurs qu'en vain l'obſcurité voudrait me dérober; que j'entrevois malgré elle.

MOROSE.

Finiſſez-donc, finiſſez-donc.

LE CHEVALIER.

Voilà une rigueur bien bourgeoiſe, bien déplacée!... Mais, pour vous en punir, je vais vous parler raiſon.... Quelle main délicieuſe!...

MOROSE.

Laiſſez ma main.

LE CHEVALIER.

Je vous diſais donc, ma chere Maman, que, ce matin, brûlé de mes tranſports amoureux, je voulais enfin vous demander le prix de ma conſtance.... Contre mon ordinaire, j'ai fait des réflexions ſérieuſes. Moroſe vous aime..... A ſa Philoſophie près, c'eſt un galant homme que je ſerais fâché de chagriner; & cependant c'eſt un homme mort, ſi j'obtiens votre main.

MOROSE.

Il eſt vrai.

LE CHEVALIER.

Je ſuis tenté de faire une action ſublime, digne d'un cœur tel que le mien.

MOROSE.

Et c'eſt ?...

LE CHEVALIER.

De lui céder les droits que j'ai ſur votre cœur... Je ſens tout le ſacrifice que je fais.... Je ſens combien vous perdez vous-même au change.... Quelle différence immenſe il y a de lui à moi !.... Mais il faut avoir de l'humanité, de la généroſité, & plus on ſacrifie, plus l'action eſt dramatique... Vous ne répondez rien ?...

MOROSE.

Je ſuis en tout de votre avis.

LE CHEVALIER.

Ce pauvre Moroſe ! je vais lui rendre le bonheur.... Ce ne ſera cependant qu'à une petite condition.... Lorſque je lui abandonne tant de charmes ; quand mon cœur pour lui ſeul briſe des nœuds ſi doux, j'ôſe en exiger un dédommagement bien faible, il eſt vrai, en comparaiſon de ce que je perds ; mais qui cependant peuplera tant ſoit peu la ſolitude affreuſe où vous allez laiſſer mon cœur.... Notre Philoſophe a une fille, jeune, aimable, dont le minois frippon m'a frappé ; qu'il me donne ſa main à ce prix, la vôtre eſt à lui : troc de Gentilhomme... Qu'en dites-vous ?...

MOROSE.

Très-bien imaginé.

LE CHEVALIER.

Eh! bien, ma belle Maman, puiſque vous voulez bien vous prêter à mon plan de pacification générale, je vous charge de mes pleins-pouvoirs; ménagez mes intérêts; faites-bien valoir aux yeux de Moroſe, & tout ce que je perds, & tout ce que je lui ſacrifie.... tout ce que je lui abandonne.

MOROSE.

Mais... mais finiſſez-donc.

LE CHEVALIER.

Ce ſont les adieux de l'Amour, les dernieres careſſes que cet enfant fait à ſa mere.

SCENE XII ET DERNIÈRE.

Madame DE SAINT-HILAIRE, MOROSE, LE CHEVALIER, AGNÈS; L'ÉPINE, *tenant deux Bougies allumées.*

Madame DE SAINT-HILAIRE.

COURAGE, galant Chevalier, courage; pouſſez rapidement une ſi belle conquête.

MOROSE.

Cruelle ! c'eſt vous qui me trahiſſez !

LE CHEVALIER.

Honneur à la ſageſſe ; la voilà, ma foi, dans un joli déshabillé !

AGNÈS.

Eh quoi ! c'eſt vous, mon cher Papa !... Ah, ah, ah....

MOROSE.

La petite maſque !... Qui vous a donné la permiſſion de ſortir ? Remontez vîte dans votre chambre.

AGNÈS.

Oh ! que non.... J'ai un amoureux ici ; vous voulez me le prendre ; mais je le tiens bien, & je ne le quitterai qu'à bonnes enſeignes. Il n'égratigne, n'étrangle, ni ne mord, celui-là....

MOROSE.

Que veut dire cela ?

Madame DE SAINT-HILAIRE.

Tenez, mon cher voiſin ; voilà le mot de l'énigme. Vous m'aimez, & ne m'êtes pas indifférent ; le Chevalier aime Agnès, qui, comme vous voyez, ne le hait pas ; uniſſez-les, ma main eſt à ce prix.

MOROSE.

Qui? moi, donner ma fille à un pareil étourdi!

LE CHEVALIER.

Tout beau, Monsieur le Philosophe, tout beau; regardez-moi, regardez-vous. Lequel de nous deux, s'il vous plaît, porte les livrées de la Folie?

MOROSE.

J'ai perdu ma raison.... Qui m'en dédommagera?...

Madame DE SAINT-HILAIRE.

Le plaisir.

LE CHEVALIER.

Et vous ne perdrez rien au change.

Madame DE SAINT-HILAIRE.

Eh bien?....

MOROSE.

Puis-je vous rien refuser?

L'ÉPINE.

Vous épousez Madame?

MOROSE.

Oui, Monsieur le Baron.

L'ÉPINE.

Vous donnez votre fille à cet étourdi?

MOROSE.

Oui, Monsieur le Baron.

L'ÉPINE.

Et moi, je vous donne le Brevet de Maître extravagant d'un plein saut; vous avez pris tous vos degrés; &, comme vous n'avez plus besoin de Maître dans cet art divin, j'abandonne ma Baronnie de la Folandiere, & redeviens tout uniment l'Épine à votre service.

MOROSE.

C'est-à-dire que j'étois, à tous, votre jouet?

Madame DE SAINT-HILAIRE.

Oui, mon cher Voisin.... Mais, ne nous en veuillez nul mal.... Le chagrin a toujours tort; celui qui rit est le vrai Sage.

MOROSE.

Votre philosophie a vaincu la mienne; je veux donc désormais ne voir que le bonheur, & ne respirer que le plaisir.

FIN.

LU & approuvé, ce 23 Mars 1775.

CRÉBILLON.

Vû l'Approbation, permis d'Imprimer ce 23 Mars 1775.

LE NOIR.

De l'Imprimerie de C. SIMON, Imprimeur de LL. AA. SS. Messeigneurs le Prince de CONDÉ & le Duc de BOURBON, rue des Mathurins, 1775.

www.ingramcontent.com/pod-product-compliance
Ingram Content Group UK Ltd.
Pitfield, Milton Keynes, MK11 3LW, UK
UKHW022123260726
13993UKWH00003B/1202